Guignols

60
Dessins
par
hermann-Paul

PARIS
Éditions de La revue blanche, 1, rue Laffitte
1899

GUIGNOLS

Du même Auteur :

Paris. — Imprimerie RENAUDIE, 56, Rue de Seine.

GUIGNOLS

60 Dessins

par HERMANN-PAUL

« Il ne faut jamais demander de l'héroïsme
à un gouvernement. »
STENDHAL.

PARIS

ÉDITIONS DE LA REVUE BLANCHE
1, rue Laffitte, 1

1899

Il a été tiré à part dix exemplaires sur japon impérial numérotés à la presse.

JUSTIFICATION DU TIRAGE :

INTRODUCTION.

APRÈS L'ATTENTAT DU BOIS DE BOULOGNE.

— C'est par la bombe, Monsieur, qu'il fallait être blessé.

14 JUILLET.

— Quel enthousiasme!... et si j'avais un casque!!!

3

DÉPART POUR SAINT-PÉTERSBOURG.

— Enfin!!!

— Ma Muse!

SAISON D'ÉTÉ 1897.

Reprise de " Panama " pour la province et l'étranger.

PANAMA.

— Sale voleur de panamiste! ce que je suis content de l'avoir f..... dedans à sa dernière commande !!

— On étouffe!!!

LE PAIN CHER.

— Monsieur le Ministre, on vient pour le pain ..

— Comment! pour le pain?... mais nous sommes au dessert!

RÉUNION PUBLIQUE.

— Dis, Augusse, lequel que c'est le traitre?

PÉRIODE ÉLECTORALE.

Le Directeur de l'Asile. — Ils votent tous, oui M. le préfet, et je n'ai pas besoin de vous le dire, en toute indépendance.

LE NOUVEAU DÉPUTÉ.

— A mon tour !

LA NOUVELLE CHAMBRE.

— On demande une majorité.

DÉPOUILLEMENT. *(Chûte du Ministère Méline.)*

14

— Cette fois, mon vieux, y pas de quoi payer la troupe.

CRISE MINISTERIELLE

— Train de marchandises.

MOUVEMENT PRÉFECTORAL. *(Ministère Brisson).*

— Monsieur le préfet n'a jamais été radical?...

— Pas un instant!...

— Quelle imprudence!...

LE BON DIPLOMATE.

FANTAISIES POUR L'EXPORTATION

EN CRÈTE.

— « L'accord règne entre les puissances. »

(Discours de M. Hanotaux.)

EN CRÈTE *(Les Protecteurs).*

A CUBA.

1ᵉʳ Officier. -- Combien d'hommes disponibles ?

2ᵐᵉ Officier. — Vingt, il y en a soixante de commandés pour rouler le tabac.

LA GUERRE HISPANO-AMÉRICAINE.

ONCLE SAM. — Assez, assez..., le commerce souffre.

U. S. A. PATRIOTIC FASHION.

— Vous pouvez le prendre de confiance, il est vraiment national.

APRÈS LA PRISE DE SANTIAGO.

Le Cubain. — Eh bien, et moi?

Général U. S. — Vous, mon garçon, mais vous n'avez même pas d'uniforme!

23

Hermann Paul

— M. Canovas est tombé en criant : « Vive l'Espagne ! ».

(*Les Journaux.*)

LES CONSCRITS DE FRANCE.

(A notre ami Mouravieff.)

A LA BOURSE.

— Un tuyau.

ON DEMANDE
DES
FIGURANTS

AU THÉATRE D'ORANGE.

— Veillez à ce qu'ils aient le type grec.

VIEUX COMMUNARD.

— Regarde, Joseph, v'là c'que j'retrouve...!.!

APRÈS L'INCENDIE DU BAZAR DE LA CHARITÉ. *(La souscription du Figaro.)*

29

— Le singe s'est fendu de 500 fr. pour le bazar...
— Et une canne de cinq louis qu'il a fendue pour en sortir : ça fait 600.....

LA CATASTROPHE DU PONT DE TARBES.

— Peu importe ! les calculs étaient exacts.

PROXÉNÈTES. *(L'affaire de la rue Cambacérès.)*

La Sous-Maitresse. — Le maximum ? Ce sera long !
La Patronne. — Bah ! nos clients auront vieilli ; ils n'en seront que meilleurs.

A L'ASSISTANCE PUBLIQUE.

— On me donne 50 centimes par mois, Monsieur, et j'ai 6 enfants ; est-ce qu'on ne pourrait pas augmenter...
— Et moi, est-ce qu'on m'augmente??

LE DÉSARMEMENT GÉNÉRAL

— Rendez votre fusil... on va vous donner un casse-tête.

hermann Paul

LES GRANDES MANŒUVRES.

— Période d'instruction !

CAISSE

PENDANT LA GRÈVE.

— La protection du travail.

APRÈS LA GRÈVE.

— Pour rien.....

« La grève pouvant être considérée comme terminée, les troupes ont regagné
leurs casernements. »

LES JOURNAUX.

36

CONVICTIONS.

— Un condamné est un condamné..... sans quoi on ne serait plus sûr de rien.....

— Et on ne pourrait pas avoir d'opinion.

PAS D'ERREUR.

— On ne nous le fait pas, à nous, le coup de Cyvoct.

DISCIPLINE.

— La discipline faisant la force principale des armées .

— Il n'a pas cessé de protester de son innocence.

— Eh bien! vous connaissez le règlement : il réclamera une fois sa punition faite !

CAFÉ ᴅᴇ ʟᴀ
RAISON D'ÉTAT
⟵ ᴇ ʟ
HUIS CLOS
ᴅᴇᴜx BILLARDS

LE BON CITOYEN.

— Simple question de confiance !

BELLE JEUNESSE!!

— A bas Zola!

— Spectacle réconfortant et qui console de bien des choses.

EN ALGÉRIE. *(Expansion coloniale.)*

PROCÈS ZOLA. *(Le départ du Juré.)*

— Pense que tu as tes treize jours à faire cette année, Ernest, sois prudent !

LUDUS PRO PATRIA.

APRÈS LE PROCÈS ZOLA. *(La détente.)*

— Enfin !... on peut penser à autre chose.

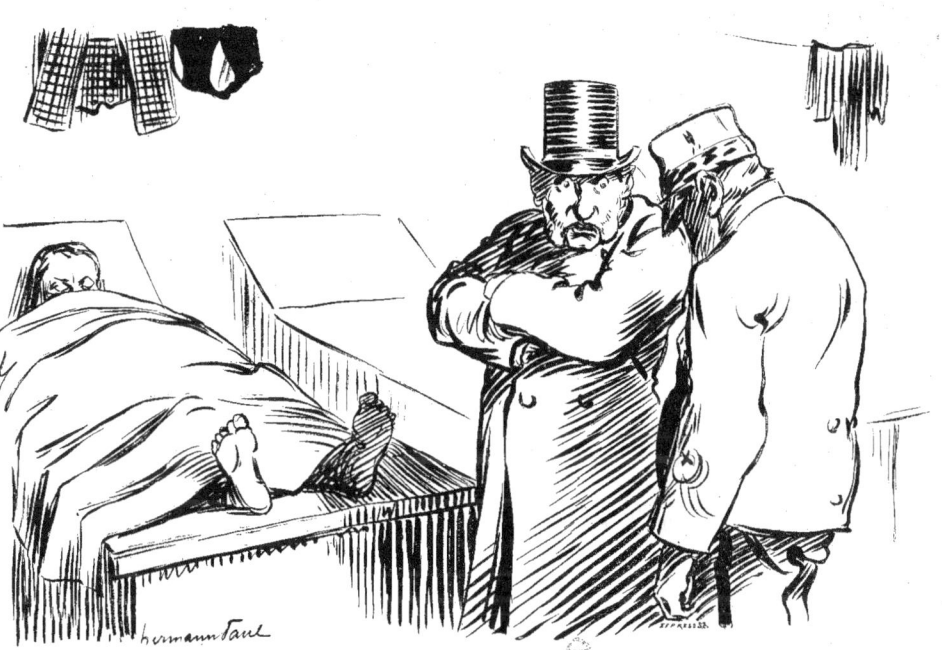

LA MORT DE LEMERCIER-PICARD.

— Nom de nom : on a déjà chipé la corde.....

« Partageons-nous toujours la corde,
« C'est du bonheur pour la maison ! »
MAC-NAB : Le Pendu.

49

LA TERREUR.

— C'est le choléra, papa ?
— Non, mais c'est peut-être « la Vérité » !

LA DEFROQUE DE BISMARCK.

51

— La dépêche..... mais le reste est décidément trop grand.

LA TERREUR. (*Les Discours Stapfer et Buisson.*)

— S'il allait nous compromettre !

AU 2ᵐᵉ BUREAU DIT DES RENSEIGNEMENTS. (Après la mort du lieutenant-colonel Henry.)

— ... Louis XIV, alors ?

« Pensez au Masque de fer. »
D. F. D. C.

54

LA REVISION.

— ... Officiei !.... une macédoine de légumes.....

LE BON PATRIOTE.

— Attendons la revision avec calme.

SON PEUPLE.

— Allons, il y a encore du bon... Pourvu que ça dure !

LE CABINET DUPUY.

— Je vais vous apprendre ce que j'entends pas conciliation.

— Tout est pour le mieux dans le meilleur des mondes.

-- Rien n'y fait.

ÉDITIONS DE LA REVUE BLANCHE

I, RUE LAFFITTE, I

Collection grand in-18, à 3 fr. 50

Envoi franco par la poste contre mandat.